never

藤井晴美

目次

表紙落書き　著者

どんなに詩を書いても認められないという罪

天国が放散されて。

悪いやつら。

本が凍傷したように読書の皮がむける。

大脳皮質の油を絞る。

あらゆる詩は冒瀆だ。
抉られた手品。

私ですか？

和やかに台風が通過しました。

うん、これは美味いと言いながら、もう顔全体が反時計回りに萎縮している。

コッペパンの刷毛を揺らして。
だいのう。

いつもよく通る道なのだが、その家には全く気付かなかった。その道に針の穴ほどの細い脇道があって、そこを少し入ったところに家の門があった。表札を見ると、ここはチーズのような石切場だ。捜査陣は石に躓いた。
その石に感光した家。が見たものは、瓢箪から駒。
駒を並べた将棋盤を懐妊した詩の。
出くわす。
だいのう。

いかさまの雨。

つまらない演技をするのではなく、ずばり性器を見せろ！

もっと青い空の染み。

注釈済みの砲弾。

男女がきびしい。

左陰茎。
のお前なんか、

誰もいない人生を。

心の火から。
怒った。

しかし、これは矛盾ではない。

美しい男という弱音。
片隅のしかめっ面。

光っている大空の意見。

板壁のコークス臭。
が理由を蹴って歌謡が
逆立つ。

もう壊れてしまったテープデッキ。

ドス黒い顔。
大手脱水会社。

白い尼崎

本屋のような豆腐屋。
肉屋のような本屋。
おもちゃ屋のような魚屋。
八百屋のようなおもちゃ屋。
納屋のような店屋。

が流れる川には泡立つ死神が貧乏ゆすり。
眠ることが唯一の楽しみだった私の原子配列。
が転がっている。
ねじ曲がりとしての私。
私への通信は今日もなかった。
詩のおせっかい。
新橋でぼくたちは出会った。
だらしなくのびきった陰茎。
多くの人々が花を手向け、目を合わせていました。
今のように。

私という瞬間が私であるだろう。
被害論文。
何という口答え。
この世が終了後三十分以内にお申込みください。
急降下。
虫が時々訳もわからず死んでいる。
存在君。
偉いね。
下心が残る。

たどたどしい空気の足あと。

ふとしたこと。

ぼく、　殺風景ですか。

この詩集は中身が変化している。
天ぷらにしてみようか。
牛乳の手紙。

何か不気味な天国。
歌謡曲にむせび泣く俺。
そんな馬鹿な。　と歌う君。
発達した雨雲のようなぼくの胸。
2024年の押しかけ俳優。
は詩人役。

肉電子。
をつまみに牛乳の手紙を読む酒自体。

人は生殖器から死んでいく。
最近の顔色の悪い陰茎。

脳引く魚は体。

鉄のブヨブヨ。

詩を書く時、いつも心の中にあるのがこの問いだ。

四人が二人になった。
私の両親と私と妻と。
夢からさめたら。ばくち。

無理に泣いて、
三角関数。

次々に天気は変わって。
気は変わって。
私はなぜ私か涙の金輪際。

覚醒

演算。
ウエハース。
を座敷童と食べる昼下がり。
ハードウェア持ち越し。
世界破滅の夢は潰え去った。
棺桶から聞こえる、
お茶の子さいさい音。

それとも。

内気な電気をありがたがって赤ちゃんが泣いた。

キログラムパンツ。
思いパンツ。

うんともすんとも言わないウンチだった。

こげ茶色に熟考するウンチ。
ウントモスタイン。

天ぷら仕立てのカツラをかぶって。
馬の脚のようにスラッとした彼女の脚。
は一角形、二角形。
ようこそ。

おれは知らない。

大きな火星のような月を近所の人たちも見ていた。(11月8日、夜)

土塁の右。
左耳はフラスコの空。

こんばんわ。

ブチコワーシイ。

が行灯を舐め切った。
おれは青空を噛んだ。
おれは真面目だぜ。
今日は昨日より寒い。

私に始まる全世界！　色とりどりの晩酌の解。

これ、

私はなぜでしょう。

蛇口のように開いた生殖器は生菓子。

階段をフワフワ降りて、

懐かしい君の男性。

夜に確信。
東モンタージュ京。

息を硬くして、

何かの間違い。

ドンドンガッ！

読者も知らないし、警察も知らない。それは恐らく彼女自身の正体なのだ。あれは私でもなく、

ひどーい、すごーい。

億単位ボタンを留めて。

あの壁はどこへ行ってしまったの？
だがいずれにしても騙されてはいけない。

裏切りに一役買っている。壁のすき間からもれる隣室の赤い光に動揺する、私におけるY染色体がどういうものかなどと問うような、いわば生きている実感をそういった未だ判然としないものによってつかもうとする私などには、

久しぶりに雨が降ったがノイローゼ色なのだ。鏡に映っている自分の勃起した虚根をじっと見つめて、陰茎が陰門に見える幻覚を見ようとしているなんて、こんなことをしていたら

全くノイローゼが高じるよ。実根！　とにかく、色男の私が自分の顔ばかり見ていては体に毒だ。

こりゃあ、

ひっつき虫。

くっつき虫。

ドキッと歯医者。

人生は短く、象の鼻は長い。

その行く手は？　どうして奇妙にも私は完全にこの世に存しないのか。見えない確率映画が……どうして、

私はどこまで人がいいのであろうか。曖昧な、

二、三日前に見た小バエを今見たかのように言う男。二、三日後に殺したよ。

外は汗ばむほどの暖かさなのに、私は寒気がするのだ。体の調子がおかしい。連夜のアルコールのせいだと思う。微熱でもあるようだ。今夜もやっぱり飲むだろうな。気分の方もひどいものだ。誤解に不安、肩から首にかけて凝っている。冗談じゃないぜ。歯槽ロウソク、室外機の潰瘍、こめかみがくるくる回ってねじれた視線、ぎっくり腰、くるぶしの脱臼、大腸ポリープ木綿の兵隊、瞼がねばつく、鼻中隔が曲がっている、耳が痛む、便秘、痔、それらが恒常的なのだ。……そんなことじゃないんだ！　おれの部屋は臭い。……これはノイローゼだ。ふとんは汚れて湿っぽい。十年以上干していない。こんなのじゃ彼女はいやがるだろう。彼女にきらわれて憂うつだ。妄想から這い出て又、浅い眠りの干からびた夢の中。現実も水気が全くない。屁ばかり出る。

病気がひとつの、仕事を休むきっかけになるんですよ、……

隣の男がこんなことを話しているのが聞こえる。病気ね、ここは喫茶店だ。私は自分の顔を見るとよけいに気が滅入る。おれの向かい側の壁は鏡張りだ。

胃が痛む。アルコールのせいだろう。飲まないと眠れないのだ。

何も手ごたえのないものを読んだり、見たりしていてはしようがないが、それが世の常だなどと言っておれは受け身でいるわけじゃない。

おれは、のっぺりした車道の真ん中に全裸で座っている現の証拠などもはやどこにも存在しないのだということ、それがどんなことか伝えようとしていた。

小難しい話はヤメだ。酒を飲んでそんな話をするのは不謹慎だと今ごろわかってきた。

友人は躍起になって帰って行った。
おれはタクシーを待っている。ここは新宿。なんで今夜はこんなに拾えないのか。もう一時間過ぎた。あしたは、と言ってももう今日だが祝日なのだ。寒いのでぶらぶら歩いていると女が言い寄ってきた。おれは、あなたは肉であり、マネキンではないからコラージュもできず、病気をくれると言って断る。本当はダメダメとも言わなかったのだが。金がないのだ。
私は生きている実感を取りもどそうと詩を作っているのだ。
そうやって現実の一つの局面に向かっている。で、それからどうしたらいい？　窒息の、ドン詰まりの、これに答えることはできるか？　じゃ、さようならと言ってみたところでこれは仮にも覆い隠せる代物ではないのだ。腹が減ってベーコンを齧っているおれはほとんど何をしゃべっているのか自分でもわからない。

生まれないこととはどういうことなのか？

そんな暗いところで電気もつけず何をしているんだと父が言った、母が言った。

生まれてこなかったやつに。

そこはふざけた連中が多すぎて、まだまだこれからが大変ですね。
オナニーは独りでやるもの。
単に言葉通りのことではないだろう。
文字通りを横に入ったら言葉通りだった。
大いに励ましになっています。ありがとうございます。
宇宙人がとんでもない不当な夜。
さあ、休もう。
次々に生み出していく。

おかえり

ぼくはなぜぼくか？

ぼくはこの問いを壁にぶつけるのが好きだ。（いや、十階から落としてみる）。その時ぼくの詩が飛び散るから！

ぼく、詩を書く男が宙返り。

オナラでもするかい、
マーマレードの青くからい空。

運ばれる棺桶の覗き窓から空を見た男が、今属してはいないすでに食ってしまった別の日、私は彼女と酒を鵜呑みして、文字の内腔を戻した。手洗いに。

すなわち、これはいけないと彼は否定した。


導関数のコーちゃん。

トムとボブ。

ぼくと私。

これも科学。


口からしどろもどろ。

が流れ出て、

ぼくが生まれたのがつい昨日のようだ。

詩は天からの授かりもの。
子は天下の回りもの。

泣く泣くおじいちゃんがたこ焼きを、崇め奉る。

そもそも詩は、哲学のように作ることしかできない。

ツルツルの顔。

王冠をかぶった高いマンションが目の前に平原となって。

川のように流れる君。

プップップ、外交面。

三面性。

火は勢いを増して福音をまき散らしています。

かすかな原因。

まずいです。世界の限界線までいっているようで。
不倫関係、その限界線から兄貴が面白いように溺れている。
その擦過点、ないし擦過線に擦過傷のような詩が盗作している。
着火する筋肉痛！

子供のころ家で何を食べていたのかほとんど思い出せない。

そのあとどうなったと思う？

水屋の上段に足掛けてピアニッシモで泣いているやつ。
聞かせてあげる。
東方のたくあんからもらったチューブを弄び。

彼らの漫画が出来上がる。
ファクター煮物の薄い水のビルディング。
喫茶ノワールにて。踏みつけた。

新年に横たわるホース。
うんと背伸びして水浸し。

本真でっか?

本はまだか。

お嬢ちゃん。

流れていった。

困ったものだ。息子が身勝手に詩誌を出していて、郵便配達の人が道に迷っていた。

UPっUPっしてるよ。

拳骨。

守屋浩に水原弘
フランク永井
みんなどこへも行かない。

御託並べて。
空穴。

完全無防備な。

太いドーナツ。
が恐ろしい。

胃袋を洗って待ってろよ。

映画が終わるだけ。
素抜けのスクリーン。

あっちの水は甘いぞ。
カッ！

へりを渡り歩く臍。

邪気のある男。

あとは寝るだけ。

顔粒子臍を繰って空一杯。

事後の脱粘土、世界のトンカチ。

細く見せかけた道。
夫婦が乾燥し、
なりふりかまわずカモフラージュするモグラの川。
隠語限界。

ねずみ小判。
穴ー貴ー。
の末節。

ぎょろ目の胼胝セックス。拒絶に武者震いする楽しみの噴水。振り掛けの面相。テーブルのドタバタ。綿埃の宇宙は泣いて布団の下敷き。

茶碗と顔が真っ赤っか。
融解する滝。

映画の昼行燈。

漂白の冷ややっこ。

太陽は蜃気楼のように揺れて、もうなかったのではないか、愛は。おしっこしながらそう思いたかった。

子供は晒し粉を探していた。可能と事態にぶっかける。

粉体。
で出来た男。
大腸の極み、サイコロスープの瞬き。
目のある溶岩。
顕微力。
命題は二人とも丸々していたが子供は痩せていた。
発熱団体。
じゃんけんご利用。
オルガンが砂ぼこりを吐き出した。
子供の詩集供養。
折り畳み式のぼくの重体。

冷たい発見。

寒さが涼しくなりそうです。

屁が出そうで出ないので圧力鍋に長くとどまることになる。

角度によっては事実。

透明体と肉体の重体。
である私。

肉体による限界麺。

写像クリーム。
をベタベタ塗って。
透ー明ー。

構造的な仮置き場。

ぼくの家。

死までのあがきとしての文化。

取り消し醤油。
今日も晩御飯はなかった。お昼いっぱい食べたからいいでしょ?

こんばんは、蜘蛛さん。

とんがり頭の半分隣のマーちゃんだよ。
意地悪だったから殺してやろうかと思った。そう思っておもちゃの矢を放った。左頬をかすって、ぼくは路頭に迷うほど叱られた。

束の間を吹きすさぶドクロや地面の余波。

何かえらくのび切った餅のように面白いです。わからないが、わだかまりがバックしそうでしない、くすぐったいイライラ。時々意識が戻るような、戻っても何だか違って漏れてくる。お門違いの幼年の期間をくぐるおもちゃになったような楽しさ、うれしさ、重さ。

苦しさ。

友人も女房もみんないい加減だったが、いい加減じゃなかった人たちがいた。人違い。

ここには影武者が大勢入院退院を繰り返してしている。殺人を。

テレビのチャンネルを切りかえるとスポーツ選手が右往左往していた。ぼくの親指ほどの事件がランニングに短パン穿いていた。

そう見えただけ。

もう付き合いのない昔の友だちが運転席にいた。パンツを嵌入させた五時。そこを揉んで彼もしくは彼女を冷遇していた。それであるから、
注文して送られてきた新刊本を繰っていると細く長い髪の毛が挟まっていた。あれは、あくまで薄く細く長い毛。

おれは忌々しい文字をねじ伏せてやろうかと読みすすんだが知らない間に首を絞められて、危うく殺されるところだった。火の用心。今度はアルコールをたっぷり滲みこませた

文字線に火がついて家が燃えた。印刷された文字だけじゃないの問題の問題があるの。

これは、本当に水銀鳥やじゃじゃ馬の輝く環境まなこです。文字を皮切りに周りが一緒になって、共謀共同正犯のテーブルについた。

警視庁の裏の堀でジルコン汁粉。

の覆面長持ちしない。

煮つけた。

ぼく、二つ。

どっちつかずの名探偵。

不審な油。

アイウエドライブの繃帯。

爪ラーメン。新しい腐乱。

ぼくは破綻した小説が好きだった。そのほころびが詩であるような小説が。ミニチュアの詩集を書き写した。昨日の自室やビアホールののび切った列車の傾き。その先は終点。限外を鳥が飛んでチューインガム。

そこではいわば公理の山となり、真理性を帯びた美が漏出されている。公理のように立ち並ぶぼくの指。

括弧閉じた。なぜならその指先は、シイタケの体の噛み具合。

面白いことを言う人が世の中にいるもんだ。詩人だってさ。

偶然値が一定だ。
コンスタントに詩作り。
無情。

テレビ破綻したミミズバレ。

あいつが死んだと思ったらまた同じようなのが出てくる。面白いねえ。
詩人だってさ。

またあした。
偶然、盾突く文字。
抽象企業。
の父。
お見殺しなく。
入れ墨を入れたテレビ。
坊やの財布。
空気が乾燥し、広大な季節になりました。
絶望を信じて鳥が鳴いている。
ドスンと言って腰が抜けた。

替え玉。
の背後の川。
お釣りの星。
は寄りそう言論砂利投げ。
気象予報士の心苦しい毎日。
不気味に偶然。
数々の過ち。
大したことは何も起こらず、私は独り廊下で静かに酒を飲んで死ぬだけだった。
ほとんど無理なシチュエーション。
鱵状の雲が広がって予報はできないでしょう。

平和を乱します。ご注意ください。

もう大丈夫だ。

先輩がお前によく似たやつがいると言うので連れて行ってもらった。

その他のその他。隅の隅。全く見えない程。

化粧のはげた男。で。

細切れのポルノ。見て。

無学。雑踏。
無関係。
裏通りの無地。でございます。
多くの覆面をした精子。
夕べの袋小路。

夏目鴎外。
森漱石。

懐にしまって。

大事にしなければいけないものを大事にしないのがぼくの悪い癖です。

甘くて長い川がある。

くしゃくしゃと苛立つ。

宝くじ。

私が肉体由来でない川のほとり。
親子は元も子もない肉体というはだけた他者性だけで生き延びて。

この青空を整理します。
軽やかな詩篇。

おいそれと四月。
祭ってあがめる空輸しかない机。

雑踏の無知。
桃色のワッ。
人絹の焦げ。

おれには顚末がなかった。

怪しい天気だった。

開いたり結んだり。
確定のたくらみ。
すべて省略シャワー、一杯やるか。

雑感ガリガリに痩せて。

化けの皮限度。

を箸でつまんで。

二杯やる。

小児用セットです。

熱湯的でいいですね。私や大好きなアレ。に言われ。

無理な名前。

こうなったからには。

嫌々ながら。

男は警察にひっぱたかれたということです。

とんだ話だ。

マスクの雑用が始まりました。

とてもつまらない。

マスクを覆う
破顔のチンパンジー。
ムカデのお咎め。

目から火が出るお人好し。

しつこく時刻。

くどい！

食卓に欠かせない殺害。

慌てて四人逮捕されました。

順調に夢を見ました。
死臭。
担って本になった。

おもちゃの殺人。

肉体という形式。
味噌合金を入れる。
一分さんと三分くん。
引っ張り蛸！

交じり気のない男。

夜は針金、昼は破綻。

だれもが嫌う現実。

泣き男の大放出。
私は煙のように消えるでしょう。
明日は耳寄りな風が吹くでしょう。
皆さん、ぼくは女です。

絶望。　脱帽。

ここに馬の尻から生まれてきました。
キャラメル。

おお大変。
まあ大変。
ぼくはひらひら紙の上を戸惑った。

彼は気が抜けたビールのように死んでいた。
あんまりいい比喩じゃないので、私はまだ生きていると思った。
太陽がまぶしくて人を轢き殺してしまった車。
モデル不都合。
常軌を逸した鼻と耳。
ガタが来て。
みぞれなる不届き。
当てこすりの人車。

顔に原因のない無限

剥げた襖の。
木鐸の喚き。
地層を吐く航空。
裏町に瞬く風が畳で泳ぐ日。
もげる非常の耳孔が曲がりくねって。
いつもお読みいただきありがとうございます。小顔が変に鰻っぽい。
重たい足でここにいる。
黄金のデタラメ。
酸っぱいお前の擬音語。
心細い喉に灯る。
インスタントに晴れた空。
隠喩工学の連中に笑われる。
ランドセル一杯の死。

鯱張らなくていいから。

むくんだポーカーチップ。

男の荒い苦しそうな息。
頼りない葦。
まだ半分だけ味わうようにしてこれから先が転送。
笑う女。
書き出していいよと男が。
チョコレートのカメオにした。

ゴンドラの二人

十三度目かの引っ越しの際、出てきた妻の昔の彼氏の写真。私は会ったことはないが、そう思ったのはその男が二枚目俳優の某に似ていると以前妻が話していたからだ。私は写真を元に戻してこのことは黙っていた。その写真を妻がどう処分したかは知らない。

それから妻が昔就職か何かに使ったと思われるずいぶん古い胸部レントゲン写真が出てきた。私は彼女に何も聞かず、引っ越しのどさくさに紛れて鋏で切り裂いて他のごみと一緒に捨てた。私はそのことを時々思い出しては後悔した。


この詩を妻に見せると、そんなに引っ越ししたかしらと言う。したじゃないかと言おうとしたが、何だかまぶしくてよくわからない。向こうが、というか、あっちが。

こんなありもしないことよく書くわねえとネズミがせんべいを齧るようにケータイでしゃべる川のほとり。

ラッシュアワーの原っぱ。
明るさノート。
まぶしくてよく見えないさ。
遺言もしくは家計簿。

この世の終り値。

十六歳の増殖プラン

尺度

ぼくは拷問の不安を感じずにはいられなかった板書、机、佇立。
もっとも現実的な問題ほど書く気にはなれない。
煙気分が。
あらゆるものの均整がとれていて瞬間女性性。
そのまま本当に眠ってしまえばぼくは死んだかもしれない。
静物のはらわた。を肩の上に乗せた。

恐怖がまたぼくを見ている。

これを解釈するのは絶対的な形式だろうか?

植物自動車の針金の足袋が固まる。

でこぼこにふくれあがった丸刈りの大きな頭の少年は、黒い鞄を片手で持ち上げ、足を引きずっていた。

彼こそロートレアモンだ。ぼくはその時、多分笑っていた。うれしさのあまり!

ぼくは彼の後をつけた。「やめろ」とどこかから声が聞こえた。

少なくとも全くの偶然だった。

あの避けた、あの視線は。

次に来るもの。

文学とは理解すべきものではなく、偏見なのだ。

ぼくはあくまで愚劣に。
それは確かにすばらしい。
極めて冷静に。

不可分な空気。
ぼくは十六歳で、彼女は二十四歳じゃないか！

うわごとのすべて。
単なるわめき。

暴かねばならない。

冷たい洟をだらりと垂れて、ぼくは歩いていた。
帰ったら寝よう、寝ようとしか考えてはいなかった。

自殺して戻ってきた男

J……駅では女が壁にもたれて、ぼくと向かい合っていた。
しかし、彼も女と向かい合っていた。
彼と女は、ぼくよりもはるかに接近していた。
なぜなら、彼の後ろもぼくには見えていたから。
女は笑った。ぼくにではなく、彼に。
楽しく話した。

コウモリノワール

11月19日
午後9時ごろ、二カ月半以上留守にした母が帰ってきた。超音波の矢で射抜く。

11月28日
ぼくが床屋に行ったときはもう19時を過ぎていた。すでに客はぼく一人だった。旦那がその都度いちいち刈り方の難問を吹っかけてきたが、ぼくの返答はいつも「イエス」だった。
ぼくは適当にやってくれればいいと思った。
旦那の女房は後ろの観客席に座ったままこっちを見ている。演技性挫折の時折通る自動車

の音波に彼女はガラス戸の外を見たりしている。旦那は女房に雇い人のことを話し出した。ぼくはさっき兎のように小さな父と喧嘩を前倒ししたことを思い出し、彼を憎んだ。彼は死んでしまえとぼくを罵った。

三つか四つになる類人猿の娘が女房に甘えている会話が聞こえると、ぼくのこわばった顔面が和らいでくるのに気がついた。

女房が替わって、ぼくの首や顔を剃りだした。以前のような、剃刀で喉を突かれるという紙芝居はなかった。のみならずぼくは口元に訳の分からない笑いを含んでいた。ぼくはそれを悟られたくなかった。彼女はぼくの顔を半分剃りながら旦那と話していた。それからいつものように、眉毛の下を剃るかどうかぼくに問うた。

すべてが終わってぼくが五百円札を出すと、ぼく高校生と彼女は念を押した。釣銭を手渡しながら彼女はぼくの顔を見た。ぼくは無気力に逆さを向いていた。ぼくは彼女を美しいと思いたがっていた。

旦那は時間を尋ねながらもう閉めろと言ったが、女房が7時20分と答えると、今度は閉めても閉めなくてもいいと言い出した。彼女ははっきりしなさいよと返した。旦那は黙っていた。少し迷って、彼女はカーテンを引いてしまった。

外に出ると、工具店の前で女と男が小型トラックに乗ろうとしていた。ぼくは人格粘性率の類似と分離によって運転手になりたいと思った。その女とそのトラックに乗ってドライブをしたいと思った。そう思いながら真っ暗な中を飛んで行った。

私は、果たしてあの父とあの母からでしか生まれることができなかったのだろうか？

「晴美君」はおかしい。私が女の名前だからいやだと常々訴えていたので父が君付けしだしたのか。それにしても我が子を君呼ばわりするのは何か変だ。まるでこれでは他人の子ではないか。はじめは自分は大事にされているのかと思って喜んでいたが、その不自然さがだんだん疎ましく白々しくなっていった。この名前から始まって私たちの関係はいびつだった。

この詩を仏壇に供えた。供養のつもりだ。

四つ角の車輪。
輪廻の剃刀。
飛ぶ光の絵空事。

「痛いよ、痛いよ、離して」

父がぼくの脇をつかんで離さない。ぼくを懲らしめているつもりらしいが、実はいじめているのだ。

死んだらみんなスーッとどこかへ引き揚げちゃうんだね、この肉体の袋から。そしてまた新しい住処を探すのかもしれない。そのメカニズムはわからないけれど。「私」というのはみんな同じで（何もないは何もないんじゃない。そのメカニズムはわからないけれど）肉体が違うだけなんだ（そのメカニズムはわからないけれど）。今、この私がこの肉体なのは偶然というしかない。ってこと、抜け殻。

言っていることが正しいとして、問題は次に生まれるときは、今よりあとの時代かどうかということだ。

しかし肉体の偶然性（すなわち肉体の悪魔）だけでは私はなぜ私かという問いは解けない。肉体は散文性を有し、「私」はそそくさと鉛筆や松の刷毛のようになって逃げてしまう。故に大空の性器みたいなものが腑抜けて詩鳴り。

加害者は父であり、被害者は母であり、子供はコンプレックスに笑う。

私は女に飛びかかり、首を絞める。もう充分な殺人だ。自分の意識をこいつから取りもどすためにやっている。ここはあり合わせの部屋だ。呻く植物のこの女が盗んだとしか思えない。どうしても私が私なら、私はこの女を殺し切るはずだ。それとも私が少しでも

この女とでも言うのか。まだこいつは生きている。血と団子と油。陰部が素っ頓狂なマシンになっている。ここはチェーンソーが回っている空が海。

目を摘んだ。とんだ詩盲。


普段は髪の毛に隠れている片耳が半分欠けた女や長々しい行為中に時々顔面の半分が不随意にゆがむ女。ただれた汚い布。押し黙った襖絵の赤ん坊。これらは脹らんだポルノを隠す味噌や野菜の根競べ。その中の一人を私にして、常に世界を見ている。このかまいたち。まやかし。やかましい。非礼。すると非常に楽しい雨が降るでしょう。つまり明け方の月の隣。


夜が夜に限りなく遠ざかる時間をぼくはぼくの終身刑として生きるならぼくは死なないで書くでしょう。真空のように捩じれて。チンピラ、秒速、株券。

これら無数に並んだうんこのひもの。

無臭今日。

ロケット打ち上げずにロケットを持ち上げた、みたいなものだ。

覚醒剤で逮捕されたタレントのニュースを聞きながら、パジャマの上から陰部を刺激している骨。

時々鬼がペニスを挿入しながらバイブレーターでクリトリスを振動させると、小陰唇が目いっぱいに広がる。

性交後浴室で男に膣洗浄をしてもらって、「ありがとうございました」と丁寧に礼を言っている大きな穴の開いた名前。

男性疲労

成り行きで、
すべて成り行き。

怪しい天気だった。

カーテンの陰から窓の外をそっとのぞくぼくは老人。

ほこりだらけの高速道路。
を叩き起こして。
過去がある詩。
追い越す。

宇宙人が写っているはずだとありとあらゆる映画がセックスチェックされた。

幻のスカート。

の中で。

もくもくと希望が湧くのでありました。

棺だけが食卓のような。偏差的権化がそこにあるはずだから。

召し上がれ。

口ごもる。

他者が間違って印刷した私の正真正銘の詩。
私を私用することの違和感が告訴している。
静粛に願います。
自分の一部が消えてしまう。しかし少しぐらい消えても自分は自分だった。

欠け落ち。

倫理無惨に傾いた家々。
罪に欠けた町並み。

詩壇裏の水際で。

曲がりなりにも日は暮れて。

光っているくしゃみ。

小鳥になったあいつが友人と一緒に迎えに来てくれた。

ウメ、ツバキ、サクラ。
そのほかクヌギ、コナラなどの雑木林。

うんこうんぬん。
はやめてくれぬ。
ヤケノヤンパチン。

渇いたコンドームから漏れて。
子供部屋は省略された殺人の山。
鼠のケーキが鳴いていた。
雀の涙点眼です。
二人の情景を調べています。
私の母方はうすのろ、父方はがらっぱち。
流れる後ろを向いた大空の石頭。

ぼく、基本的には偽物や翻訳物が好きです。
ぼくはイミテーションの詩集を読んだ。

腐食した町。
の家のテレビ。
の町。

イメージ科学。

鏡を見るとぼくの顔は真っ黒だった。

人々は静止していた。
走る車も空の飛行機もあらゆる物体が止まっていた。時計が雲を殴った。
地球が針の先太り。宇宙が真っ平の火事のコイン。
これは空目の体操です。

抒情イミテーションの春。

他者の思惑。
に水穴。
水の横断歩道を流れるいつもお知らせいただき、ご返事もさし上げられず申し訳ないで
滑る。
子供がうどんのように暴れている。
出てこい九角。
これも男、あれも男、

五分前男前。

歯を食い、舌を噛んだ。

つべこべ朗読。

明日は子育てにちょうどいい気候でしょう。

新たに亡くなった新人。

麺を売って米を買う。

体中が見苦しかった。

便通や神通。

目撃して殺した。

殺人宝石の勘違い。

容疑者は口を開いて逃走しました。
台風が惚け続けています。困ったものです。
もったいない雨が降っています。
記録的な大雨で素敵な人が死にました。
うなぎ登りに死んだ男。
ビックリカメラ。
せめてもの衝動買い。
妻に似た男。
中を開けるまでは分からない。

著者略歴

藤井晴美（ふじい・はるみ）
愚鈍なぼくが、
翻訳のロートレアモン後遺症。
に苦しみ早、いい加減過ぎた。ぼくは兵庫県尼崎市に1949年に生まれ、いつも植物園の正門でそれを読んでいた。細かくて難儀した。途中寝ちゃった。それから酔っぱらって8ミリカメラを振り回し、実験映画を作った。フィルム代が高くついた。なにしろ8ミリフィルム一本3分しかない。
あとは精神科医のKTに「ぼくだって医者だよ!」と怒鳴られてカルテを投げつけられたことくらいかな。堕天使のぼくが。
2019年、第8回エルスール財団新人賞受賞。
最近の詩集に『イブニングケア』（2019年）、『マスキング』（2021年）、『ぼくは彼女とモザイクになってスチャラカ』（2022年）、『スカタン・パッケージ』（2022年）などがある。

行間のボルテージの高い詩を書いてまいりました。

詩盲

単語を屈折させるのではなく、文章を屈折させる。単語と単語を絡ませるのではなく、文章と文章を絡ませて詩を作る。日本の詩はどんな詩でも短歌や俳句と同じように単語の単位で詩句が成り立っている。普通に書かれた文章が突然切断されたように、全く違った文章に接続されることはない。私の場合あたかも文章が単語のように扱われて、詩が構成される。

散文詩というのがあるが、それも最後まで論理を通している。一つの散文詩と全く別の散文詩が接合され、新たな詩になることはない。そこに一つの完了した世界を形成しようとするからだ。私たちの生きている世界は、そんな小さな世界ではない。それに対応する詩を書くとすれば、現代では文章の塊が切り刻まれてバラバラの接合がリアリティを持つことになるだろう。

詩集 never

二〇二四年一月二〇日　発行
著　者　藤井晴美
発行者　後藤聖子
発行所　七月堂
〒一五四—〇〇二一　東京都世田谷区豪徳寺一—二—七
電話　〇三—六八〇四—四七八八
FAX　〇三—六八〇四—四七八七
july@shichigatsudo.co.jp
印　刷　タイヨー美術印刷
製　本　あいずみ製本所

ISBN 978-4-87944-560-5 C0092